KB202864

영국 시화집

베스트셀러 × 세계 100대 명화

영국 시화집

목차

영원한 만취

A.E 하우스먼

사람이 만일 영원히 취할 수 있다면
술에, 사랑에 또는 전쟁에 취하여

나는 아침에 일어나지 않을 것이며
밤에는 결코 잠자지 않을 것입니다

그러나 사람들은 때에 따라 만취에서 깨어나
문득 깊은 생각에 잠기곤 합니다

그들은 심각한 생각에 잠기면 가슴에다
그 손을 힘껏 올려놓는답니다.

사이몬과 이피게니아 / 프레더릭 레이턴 / 1884.

질리지 않는 사랑

버지니아 울프

세상에 둘도 없는 친한 친구도
이 세상 하나뿐인 다정한 엄마조차도
가끔은 멀리하고 싶을 때가 있는데
당신은 아직 단 한 번도 싫은 적이 없습니다

어떤 옷에도 무던히 잘 어울리는 벨트나
예쁘고 고운 색깔의 매니큐어까지도
몇 번 쓰고 나면 바꾸고 싶지만 말입니다
새로 산 예쁜 드레스도
새로 나온 맛있는 초콜릿도
며칠 지나면 금방 싫증 나는데
당신은 아직 단 한 번도 싫은 적이 없습니다

오래 숙성된 향긋한 포도주나 그레이프 디저트도
매일같이 먹으면 물리기 마련인데
당신은 그저 매일매일 같이 있고 싶어요.

혼인한 / 프레더릭 레이턴 / 1882.

인생의 시간

로버트 브라우닝

읽는 시간을 따로 떼어 두세요
그것은 바로 지혜의 샘이기 때문입니다

웃는 시간을 따로 떼어 두세요
그것은 바로 영혼의 음악이기 때문입니다

그리고 사랑하는 시간을 따로 떼어 두세요
그것은 인생이 너무 짧기 때문입니다.

독서대에서 공부하기 / 프레더릭 레이턴 / 1877.

높은 곳을 향해

로버트 브라우닝

위대한 사람이 단번에 그와 같이
높은 곳에 뛰어오른 것이 아닙니다

동료들이 단잠을 잘 때
그는 깨어서 일에 몰두했던 것입니다

인생의 묘미는
자고 쉬는 데 있는 것이 아니라,
한 걸음 한 걸음 앞으로 나아가는 데 있습니다

무덤에 들어가면 얼마든지 자고 쉴 수 있습니다
자고 쉬는 것은 그때 가서 실컷 하도록 하지요

그러니 살아 있는 동안은 생명체답게 열심히 활동합시다
잠을 줄이고 한걸음이라도 더 빨리 더 많이 내딛읍시다

높은 곳을 향해, 위대한 곳을 향해.

음악 수업 / 프레더릭 레이턴 / 1884.

무지개

윌리엄 워즈워스

저 하늘에 걸친 무지개를 보면
내 가슴은 갑자기 뜁니다

어느 날 내 삶이 시작됐을 때도 그러했고
어른인 지금도 여전히 그러하고
나이가 들어가도 그러하겠죠

그렇지 않다면 차라리 죽는 게 나을지도 모르겠군요
아이는 어쩌면 어른의 아버지

내 생의 매 순간의 나날이
자연의 숭고함 속에 고이 간직되어 있기를.

프로 메테우스 바운드 / 토마스 콜 / 1847.

슬픈 인생

헨리 데이비스

근심에 가득 차 가던 길 우뚝 멈춰 서서
잠시 주위를 바라볼 틈도 조금도 없다면
얼마나 슬픈 인생일까요?

나무 아래 평화롭게 서 있는 양이나 젖소처럼
한가로이 오랫동안 바라볼 틈조차 없다면
숲을 지날 때 날쌘 다람쥐가 풀숲에
슬며시 개암 감추는 것을 바라볼 틈조차 없다면
쨍한 햇빛 눈부신 한낮, 밤하늘처럼
별들 반짝이는 강물을 바라볼 틈조차 없다면
아름다운 여인의 부드러운 눈길과 발
또 그 발이 춤추는 우아한 맵시 바라볼 틈조차 없다면
눈가에서 시작한 그녀의 은근한 미소가
입술까지 번지는 것을 기다릴 틈조차 없다면,
그런 인생은 불쌍한 인생, 그저 근심으로만 가득 차
가던 길 잠시 멈춰 서서 잠시 주위를
바라볼 틈조차 없다면.

자화상 / 그웬 존 / 1902.

세상은 너무나 많아

윌리엄 워즈워스

우리는 너무나 속된 세상에 묻혀 살아요
이른 꼭두새벽부터 밤늦도록
그저 벌고 쓰는 일에만
있는 힘을 헛되이 탕진하는군요

우리에게 주어진 이 아름다운 자연도
제대로 보지 못하고,
심금마저 버렸으니 이 누추한 흥정이여
희미한 달빛에 뽀얀 젖가슴을 드러낸 바다
혹은 두고두고 끊임없이 울부짖다
시든 꽃포기처럼 이내 잠잠해지는 바람
이 모든 것과 우리는 결국 남남이군요

매사에 시큰둥하네요. 신이여
차라리 사라진 옛 믿음으로 자라는
이단異端이나 되어

이 아름다운 풀밭에 오래도록 서서

경치를 바라보면서 위안이 되도록
바다에서 힘차게 솟아나는 프로테우스를 볼 수 있고
트라이튼의 조가비 소식을 영원히 들을 수 있도록.

주전자와 계란 / 로저 프라이 / 1911.

우리에게 필요한 모든 것

스티브 터너

속을 든든하게 해 줄 음식
해를 가릴 챙 넓은 모자
갈증을 풀어줄 시원한 물
그리고 따뜻한 밤을 위한 담요 한 장.

세상을 가르쳐줄 선생님
발을 감싸줄 튼튼한 신발
몸에 잘 맞는 바지와 셔츠
그리고 포근한 보금자리와 작은 난로.

우리를 사랑하는 사람들
우리가 사랑하는 사람들
내일을 위한 희망
그리고 마음을 밝혀줄 등불 하나.

화가의 허니문 / 프레더릭 레이턴 / 1864.

인생

샬롯 브론테

인생은 사람들 말처럼
어둡기만 한 것은 아닙니다
이참에 내린 비는
화창한 오후를 선물하기도 하죠

때론 어두운 구름이 끼지만
모두 금방 지나갑니다
소나기가 와서 장미가 핀다면
소나기 내리는 것을 슬퍼할 이유가 없지요
인생의 즐거운 순간은 그리 길지 않답니다

고마운 맘으로 그 시간을 즐기세요
가끔 죽음이 끼어들어
좋아하는 이를 데려간다 한들
그래서 슬픔이 승리해
희망을 짓누르는 것 같으면 또 어떤가요
희망은 금빛 날개를 가지고 있답니다
그 금빛 날개는 어느 순간에도

우리가 잘 버티도록 도와준답니다

씩씩하게, 두려움 없이
힘든 날들을 견디세요
영광스럽게, 늠름하게
용기는 절망을 이겨낸답니다.

로 알레그로 / 토마스 콜 / 1845.

지금 하십시오

찰스 스펄전

할 일이 생각나거든
지금 하십시오

오늘 하늘은 맑지만,
내일은 구름이 보일지도 모릅니다
어제는 이미 당신의 것이 아니니
지금 하십시오

친절한 말 한마디가 생각나거든
지금 말하십시오
내일은 당신의 것이 아닐지도 모릅니다
사랑하는 사람이
언제나 곁에 있지는 않습니다.

사랑의 말이 있다면 지금 하십시오
미소를 짓고 싶다면 지금 웃어주십시오
당신의 친구가 떠나기 전에
장미가 피고 가슴이 설렐 때,

지금의 당신의 미소를 주십시오

불러야 할 노래가 있다면
지금 부르십시오
당신의 해가 저물면
노래 부르기엔 너무나 늦습니다
당신의 노래를
지금 부르십시오.

근대 로마 : 캄포 바스비노 / 조지프 말로드 윌리엄 터너 / 1839.

할 수 있는 한

존 웨슬리

할 수 있는 한 최선을 다하십시오

당신이 할 수 있는 모든 수단과

당신이 할 수 있는 모든 방법으로

당신이 할 수 있는 모든 장소에서

당신이 할 수 있는 모든 시간 동안

당신이 할 수 있는 모든 사람에게

당신이 할 수 있는 한 오랫동안.

재봉사 / 존 윌리엄 고드워드 / 연도미상.

영원한 그대

셰익스피어

그대를 어찌 아름다운 여름날에 비할 수 있을까요
그대는 그보다 더 온화하고 사랑스럽습니다

거친 바람이 오월의 찬란한 꽃망울을 뒤흔들고
여름은 너무 짧아 어느덧 금세 지나가고
이따금 햇살은 황금빛을 잃고 서서히 흐려집니다

그러한 모든 것들은 시간이 조금씩 흐르면
그 아름다움이 줄어들거나 결국 사라지지만
그대가 지닌 아름다움은 절대 잃지 않을 테지요

그대에게서 죽음은 저 멀리 있고
영원한 시간 속에서 그대는 계속 성장하겠지요
인간이 숨 쉴 수 있고 두 눈으로 볼 수 있을 때까지

오랫동안 이 시는 함께 살아 있을 것이고
그대에게 무한한 생명을 주겠지요.

페르세포네 / 단테 가브리엘 로세티 / 1882.

논리적이지 않다

마고 폰테인

삶은 논리적이지 않다

뜻밖의 일들과 아름다운 일들로
가득 차 있다

나는 그 아름다운 것들이
내 곁을 스쳐 지나갈 때
놓치지 않으려 한다

그 순간이
언제 다시 찾아올지
알 수 없으므로.

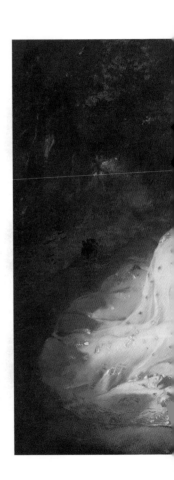

한여름 밤의 꿈의 장면. 티타니아와 바닥 / 에드윈 랜시어 / 1848-1851.

서풍에 부는 노래

퍼시 비시 셸리

오, 나를 일으켜 세워주세요
물결처럼, 잎새처럼, 구름처럼!

우주 사이에 휘날려 새로운 생명을 주세요
그리하여, 아름답게 부르는 이 노래의 소리로,

영원한 풀무에서 끝없는 재와 불꽃을 날리듯이,
나의 말을 인류 속에 넣어 흩어 버리세요!

내 입술을 빌려 조용히 잠자는 지구 위에
예언의 위대한 나팔 소리를 부세요! 오, 바람아,

혹독한 겨울이 만일 온다면 따뜻한 봄은
아직도 멀었는지요?

어선과 어선을 흥정하는 허커스가 탄 어선 / 조지프 말로드 윌리엄 터너 / 1832-1842.

입맞춤

퍼시 비시 셸리

샘물은 강물과 함께 섞이고
강물은 바다와 하나가 됩니다
하늘의 고요한 바람은 영원히
달콤한 감정과 함께 섞입니다
이 세상에 혼자인 것은 결코 없습니다
만물은 절대적인 신의 섭리에 따라서
또 하나의 존재 속에 이렇게 섞이는데
나는 왜 그대와 함께 하지 못하는지요

보랏빛 산이 높은 하늘과 입 맞추고
파도가 서로 껴안는 것을
어떤 누이 꽃도 용서받지 못할 겁니다
누이 꽃을 경멸했다면
햇빛은 대지를 가만히 끌어안고
달빛은 바다에 부드럽게 입 맞춥니다
하지만 이 모든 입맞춤이 무슨 소용인가요
그대가 내게 입 맞추지 않는다면.

설득력 있는 침묵 / 로렌스 알마 타데마 / 1890.

슬픔과 벗

셰익스피어

감미롭고 조용한 근심 속에
가만히 지난 일들을 돌이켜 보니
없어진 많은 것들을 깊이 한탄하며
귀중한 시간의 손실을 새삼스레 슬퍼합니다

그러면 메말랐던 나의 눈은 또다시 촉촉하게 젖습니다
죽음이라는 기약 없는 밤에 가려진 귀한 벗들을 위해,
오래전에 스러져버린 사랑의 슬픔에 새로이 울게 되고
아련히 사라져 버린 많은 모습들에 아파하게 됩니다

그러면 옛 슬픔으로 인해 다시 슬퍼하게 되고
아파해야만 했던 슬픈 사연을 무거운 마음으로
하나하나 조심스레 따져봅니다
마치 처음으로 그러는 것처럼.
그러나 벗이여, 그대만 생각하면
모든 손실은 없어지고 슬픔도 사라져 버린답니다.

로만 위도우 / 단테 가브리엘 로세티 / 1874.

진실

벤 존슨

진실은 그 자신을 시험하는 것이며
그 외의 다른 것으로는 설명할 수 없다
가장 순수한 금보다 더 순수한 것이며
이보다 아름다운 것은 없다

그것은 사랑의 빛이며 삶 자체이다
진실은 영원히 빛나는 태양이며
어디에서도 찾아볼 수 없는 은총의 영혼이며
믿음과 사랑이다

진실은 약속의 보증인이며
아름다운 향기를 뿜어내고
모든 거짓말을 발밑에 짓밟는
믿음의 힘을 가지고 있다.

이슬에 젖은 가시금작화 / 존 에버렛 밀레이 / 1889.

수녀원

월러엄 워즈워스

수녀원의 방이 좁다 애달프게 속 태우지 않고
은자는 그저 그들의 암자에 족하며

학자는 그저 명상에 잠긴 글방이면 족하고
베 짜는 이는 그저 베틀에 앉으면 행복합니다

이는 정녕 스스로 의지 삼는 감옥은 아니지요
하여 나에게는 갖가지 복잡한 심정으로

작은 그대 가슴의 좁은 터전에 얽매이더라도
즐겁기만 합니다.

수녀님 / 그웬 존 / 1915.

영혼의 사상

매슈 아널드

삶의 차가운 바다 위에
한꺼번에 쏟아지는 별들처럼

끝없이 작렬하며
마치 비처럼 내리는 사상들

다른 이들은 알거나 알고 있다고 말하는데
그런 사상들은 마치 강렬한 섬광처럼

내 영혼의 하늘을 비추지만
계속 남아 있지는 않겠지요

그것들은 나에게 잠깐 비쳤다가
금세 달아나 버립니다

그리고 다시는 찾아오지 않지요.

오필리아 / 존 에버렛 밀레이 / 1851-1852.

사랑과 욕정

셰익스피어

사랑은 비 온 뒤
찬란한 햇빛처럼 위안을 주는데

욕정의 결과는
햇빛 나온 뒤 태풍 같답니다

사랑의 온화한 봄날은 언제나 신선하지만
욕정의 겨울은 여름의 절반이 가기도 전에 온답니다

사랑은 안 물리지만
욕정은 폭식하고 죽는답니다

사랑은 모두 참되지만
욕정은 위조로 꽉 찼답니다.

예 또는 아니오 / 존 윌리엄 고드워드 / 1893.

소녀의 입맞춤

로버트 브라우닝

꿀벌 자루 속의 일 년 동안
부지런히 모은 온갖 향기와 꽃
보석 한복판에 빛나는 광산의
온갖 경이와 찬란한 부

진주알 속에 꼭꼭 감추어 있는
바다의 온갖 빛과 그늘
잔잔한 향기와 꽃, 빛과 그늘, 경이, 풍요
그리고 이것들보다 훨씬 더 높은 것

보석보다도 더 빛나는 절대적 진리
진주보다도 더 순수하고 아름다운 믿음
우주 안에서 가장 빛나는 진리
그것은 바로 한 소녀의 입맞춤이었답니다.

검은 옷의 브라운슈바이크인 / 존 에버렛 밀레이 / 1860.

아름다움의 창조

로버트 브리지스

나 모든 아름다운 것을 좋아하여
그것을 찾으며 열렬히 숭배하니
그보다 더 찬미할 것이 무엇이겠습니까

사람은 바쁜 나날 속에서도
아름다움으로 인하여 늘 영예롭지요.

나 또한 무엇인가를 창조하여
아름다움의 창조를 즐기려 합니다

그 아름다움이 비록 오늘이 아닌 내일 오게 되어
기억에만 남아 있는 한낱 꿈속의
텅 빈말 같다고 하더라도.

사랑스러운 컵 / 단테 가브리엘 로세티 / 1867.

흰 눈

로버트 번스

시몬, 눈은 당신 목처럼 희군요
시몬, 눈은 당신 무릎처럼 흽니다

시몬, 당신 손은 눈처럼 차갑습니다.
시몬, 그래서 당신 마음은 눈처럼 차군요

눈을 녹이는 데 뜨거운 불의 키스
내 마음을 완전히 녹이는 데는 찰나의 키스

눈은 슬프네요, 소나무 가지 위에서
내 이마도 슬프군요, 당신의 긴 머리카락 아래서

시몬, 눈이 정원에 잠들어 있습니다
시몬, 당신은 나의 눈 그리고 나의 연인.

샬롯의 여인 / 존 앳킨스 그림쇼 / 1875.

영혼의 사상

매슈 아널드

삶의 차가운 바다 위에
한꺼번에 쏟아지는 별들처럼

끝없이 작렬하며
마치 비처럼 내리는 사상들

다른 이들은 알거나 알고 있다고 말하는데
그런 사상들은 마치 강렬한 섬광처럼

내 영혼의 하늘을 비추지만
계속 남아 있지는 않겠지요

그것들은 나에게 잠깐 비쳤다가
금세 달아나 버립니다

그리고 다시는 찾아오지 않지요.

밤의 정신 / 존 앳킨스 그림쇼 / 1879.

세상에서 가장 좋은 것

엘리자베스 브라우닝

세상에서 가장 좋은 것은 과연 뭘까요?
5월 이슬이 은은한 진주처럼 맺힌 6월 장미
빗방울을 품지 않은 향긋하고 부드러운 남풍

벗에게 결코 잔인하지 않은 진심
끝까지 서두르지 않아도 되는 기쁨
스스로 덧대거나 비꼬지 않아도
넘치도록 자랑스러운 찬란한 아름다움

눈도 꿈쩍 못하게 만드는 다정한 눈빛
아무런 아픔도 주지 않는 그리운 추억
하여, 다시 사랑받을 때의 떨리는 사랑

세상에서 가장 좋은 것은 과연 뭘까요?
- 그밖에 뭐가 있을까요.

봄의 노래 / 존 윌리엄 워터하우스 / 1913.

참나무 같은 삶

앨 프리드 테니슨

젊거나 늙거나 늘
저기 저 참나무 같은
당신의 삶을 사세요

봄에는 싱싱하고 찬란한
황금빛으로 밝게 빛나며
여름에는 싱그럽고 무성하며
그리고, 그러고 나서
어느덧 가을이 오면 다시
더욱더 밝은 황금빛이 되고
마침내 나뭇잎이
모두 다 떨어지면

보세요, 줄기와 가지만
앙상하게 남아 힘겹게 서 있는
저 벌거벗은 힘을.

길드 포드 더 빈스의 예술가 정원 / 로저 프라이 / 1915.

사랑의 꿈

퍼시 비시 셸리

오늘 환하게 미소 짓는 꽃은
내일 죽고 맙니다

우리가 영원히 머물기 원하는 모든 것은
유혹하고 달아나 버립니다

이 세상의 기쁨이란 도무지 무엇인지요?
밤을 비웃는 번갯불은 밝은 만큼 짧습니다

덕은 얼마나 나약한지요!
우정은 얼마나 드문지요!

사랑은 그 불쌍하고 애처로운 축복을
당당한 절망과 바꾸고 말았습니다!

하지만 그것들 아무리 빨리 사라져도
우린 그 기쁨, 우리가 우리 것이라 부르는
모든 것보다 더 오래 삽니다

하늘이 눈부시게 푸르고 찬란한 동안
꽃들이 찬란하게 피어 즐거워하는 동안
밤이 되기 전에 바뀌는 눈들이

낮을 즐겁고 기쁘게 하는 동안
아직 조용한 시간이 천천히 흘러가고 있는 동안
그대는 꿈꾸세요 그리고 그대 깊은 잠으로부터
깨어나 마음껏 우세요.

헬리오 가발 루스의 장미 / 로렌스 알마 타데마 / 1888.

인생의 비

샬럿 브론테

인생은 정말이지 현자들 말처럼
그렇게 우울하고 어두운 꿈은 아니랍니다

가끔 아침에 조금씩 내리는 비는
화창한 오후를 예고하지요

때로는 우울한 먹구름이 끼기도 하지만
머지않아 금세 지나가버립니다

소나기가 내려서 아름다운 장미를 피운다면
아, 소나기 내리는 걸 도대체 왜 슬퍼할까요?

클라이드에 배송 / 존 앳킨스 그림쇼 / 1881.

얼음과 불

S. H. 스펜더

그대가 얼음이라면 나는 불입니다
뜨거운 내 사랑에도 그대 얼음 녹질 않네요
도무지 어찌 된 까닭일까요

뜨거워지는 내 사랑에도 불구하고
그대 얼음이 더욱 차가워지는 것은
끓는 듯 뜨거운 내 사랑이
심장마저 얼어붙게 하는 그대 차가움에 식지 않고
더욱더 끓어올라 불길이 더욱 높아지는 것은
만물을 녹이는 불이 얼음을 더욱 얼게 하고
심지어 뼈까지 얼리는 아픔
타는 불의 기름이 되니

또다시 있을까요, 이보다 이상한 일
사랑은 무슨 힘이기에 천성마저 바꾸는지요.

라 부티크 드 마담 가이파 / 그웬 존 / 1932.

아테네의 아가씨

조지 고든 바이런

아테네의 아가씨여, 부디 우리 헤어지기 전에
돌려주세요, 오, 내 마음 돌려주세요

아니 기왕에 내 마음 떠난 바엔
그걸 가지고 나머지도 가져가세요
나 떠나기 전 제발 내 언약 좀 들어주세요
내 생명이여, 나 그대 진심으로 사랑합니다

애타게 맛보고 싶은 그대 붉은 입술에 맹세코
저 허리띠 두른 날씬한 허리에 맹세코
말로 표현하지 못할 수많은 사연도 맹세코
전해주는 온갖 아름다운 꽃에 맹세코

어린 사슴처럼 순수한 그대 맑은 눈망울에 맹세코
내 생명이여, 나 그대 진심으로 사랑합니다.

달콤한 꿈 / 존 윌리엄 고드워드 / 1904.

창조성의 순간

줄리아 카메론

우리에게는 창조적 고독,
다시 말해 혼자 있는 시간이
반드시 필요합니다

만약 이런 재충전의 시간이
제대로 주어지지 않는다면
창조성은 고갈되고 말 것입니다

그리고 혹여 시기를
놓치면 지치는 것보다
더 나쁜 상태가 나타날 수도 있습니다.

추크 호수 / 조지프 말로드 윌리엄 터너 / 1843.

산책

제인 오스틴

사색에 깊이 빠질 때면
나는 즐거이 명예의 길을 지나
도금양 숲까지 걷습니다

사랑에 낙담한 누군가의 위로
은은한 달빛이 핼쑥하게 비추고
부드럽게 산들대는 산사나무 숲에선

필로멜라가 달콤하고 우울하게
노래하지요.

아카디아의 꿈 / 토마스 콜 / 1838.

사랑과 감사의 에너지

셸드레이크

생명은 눈에 보이지 않는
에너지로 살아가고 있습니다
그러므로 늘 주위 사람이나
주위에서 일어나는 일에 대해
항상 세심하게 주의를 기울여야 합니다

이건 아주 중요한 일입니다
본다는 것은 영향을 끼친다는 말이기도 합니다.
우리는 이런 사실을 잘 알고 있으면서도
실천하지 않는 경향이 종종 있습니다

가정에서 부모가
자식에게 주의를 기울이는 것이
이와 똑같은 일이라 할 수 있습니다
사랑이 능동적인 에너지라면
감사는 수동적인 에너지입니다.

야곱과 요셉의 코트 / 포드 매독스 브라운 / 1864-166.

오늘이라는 시간

토머스 칼라일

지금 여기에 또 다른
희망찬 새 날이 다시 밝아옵니다
그대는 이날을
그저 헛되이 흘려보내려 하는지요?

우리는 시간을 느끼지만
누구도 그 실체를 본 사람은 없답니다
시간은 우리가 자칫
딴 짓을 하는 동안
순식간에 저만치 도망쳐 버리거든요

오늘 또 다른
새 날이 밝아왔습니다
설마 그대는 이 날을
그저 헛되이 흘려보내려 하는 것은 아니겠지요?

호머의 독서 / 로렌스 알마 타데마 / 1885.

음악과 사랑

퍼시 비시 셸리

음악은 부드러운 가락이 끝날 때
우리의 추억 속에 진한 여운을 남기고,

꽃향기는 향기로운 오랑캐꽃 시들 때
깨우쳐진 느낌 속에 영원히 남아 있습니다

장미꽃 잎사귀는 싱그러운 장미가 죽었을 때
사랑하는 사람의 침상에 쌓이듯

이처럼 그대 가버리고 내 곁에 없는 날
그대 그리는 마음 위에 사랑은 잠이 듭니다

앤 포드(나중에는 필립 두키네스의 부인) / 토머스 게인즈버러 / 1760.

나를 잘 사용하게 하소서

윌리엄 버클레이

신이여, 나로 하여금 나의 생명을
당신께서 내게 원하시는 대로
사용하도록 도와주소서

나의 능력을 다른 사람을 위해 쓰게 하심으로
남을 행복하게 하고 세상을
유익하게 하옵소서

내가 가진 물질로
자신을 위한 이기적인 목적이 아니라
남을 돕는 일에 후하게 쓰게 하옵소서

나의 시간을 선한 일에만
지혜롭고 사용하도록 도와주옵소서

이기적이거나 육체적인 쾌락을 위해 쓰지 않고
나를 잘 사용하게 하소서

남을 위해서 사용하게 하옵소서
나로 하여금 새로운 것을 깨닫고

자신을 발전시키는 일을 위해 노력하게 하시며
배우는 것을 게을리하지 않게 하시고

세상의 무익하고 썩어질 것들에
결코 마음을 두지 않게 하옵소서

공기 펌프의 새 실험 / 조셉 라이트 / 1768.

꿈

조지 고든 바이런

딱 한 번, 감히 내 눈을 들어
눈을 들어 당신을 넌지시 바라보았어요

그날 이후, 내 눈은 이 높은 하늘 아래
당신 외에는 아무것도 보지 못하지요

밤이 되어도 잠을 자도 헛된 일일 뿐
내게는 밤도 마치 한낮이 되어
꿈일 수밖에 없는 일을 내 눈앞에
짓궂고 잔인하게 펼쳐 보이죠

그 꿈은 비운의 꿈 수없이 많은 창살이
당신과 나의 운명을 그만 갈라놓았지요

내 열정은 비로소 깨어나 격렬하게 싸우지만
당신은 여전히 평화롭기만 하군요.

행렬을 기다리는 중 / 존 윌리엄 고드워드 / 1890.

모랫벌

알프레드 테니슨

해는 어느새 지고 저녁별 빛나는데
날 부르는 맑고 상쾌한 목소리
내 멀리 바다를 떠날 적에
모랫벌이여, 그리 구슬피 울지 마세요

끝없이 영원한 바다로부터 왔던 이 몸이
다시금 그리운 고향 향해 돌아갈 때에
움직일 때조차 잔잔해서 거품 없는
잠든 듯이 고요한 밀물이 되어 주세요

황혼에 저 멀리 울리는 저녁 종소리
그 뒤에 찾아드는 잔잔한 어두움이여!
내가 말없이 배에 올라탈 때
이별의 슬픔조차 없게 해 주세요

이 세상의 경계선인 때와 장소를 어느덧 넘어
물결이 나를 저 멀리 실어 간다 하여도
나는 그저 바랄 뿐입니다, 모랫벌을 건넌 뒤에

길잡이를 만나서 반갑게 마주 보게 되기를.

사자가 두려워하는 말 / 조지 스터브스 / 1770.

사랑의 향기

퍼시 비시 셸리

부드러운 음성이 점점 잦아들면,
음악은 그 기억 속에 부드럽게 떨리고

향긋한 제비꽃 시들면, 향내는
그것이 일깨운 감각 속에 오래도록 살아 있네요

장미가 죽으면, 선명한 장미 꽃잎들
연인의 침상에 소복이 쌓이고
당신이 가고 나면,

사랑은
그대를 생각하며
깊이 잠들겠지요.

사포시대의 몽상에 빠져라 / 존 윌리엄 고드워드 / 1904.

그대를 향한 내 사랑

앨저넌 찰스 스윈번

그대여, 더 이상 아무것도 원하지 말아요
나 가진 것 모두 그대에게 이미 주었답니다
그대여, 만일 더 값진 것이 있다면
나 모두 그대 발밑에 내어 주겠습니다

오직 단 한 번일지라도 그대 옷깃에 스치고
좀 더 참다운 그대의 사랑을 진심으로 느끼고
그대의 정다운 이야기를 귀 기울여 듣는다면
그 무엇이 나에게 아까울까요

그러나 나에겐 사랑밖에는 아무것도 없나니
내가 가진 것은 오직 그대를 향한 내 사랑뿐.
만일 더 값진 것 가진 이 있거든 그에게로 가세요
만일 더 귀한 것 가진 이 있거든 그에게로 가세요

그저 내가 가진 것이라고는
그대를 향한 붉은 심장뿐이랍니다.

가을의 금빛 / 존 앳킨스 그림쇼 / 1880.

당신의 사랑

엘리자베스 브라우닝

만일 그대가 나를 사랑해야 한다면
오직 사랑 그 자체만을 위해서 사랑해 주세요

그대의 다정한 미소와 미모와 다정한 언어가
그저 나와 같은 생각을 가졌다는 이유만으로

언제나 즐거웠던 그 느낌만으로
나를 사랑한다고 말하지는 마세요

그대여, 이런 것들은 때로는 저절로 변할 수 있고
그대를 완전히 변하게 할 수도 있답니다

어쩌면 그렇게 시작된 사랑은
그렇게 깨질지도 모른답니다

그대의 연민으로 내 눈물을 살며시 닦아내는
그런 사랑도 부디 하지 마세요

그대의 달콤한 위안으로 슬픔을 잊어버린 사람은
그 때문에 오히려 당신의 사랑을 잃을지도 모르니까요

그러니 오로지 사랑만을 위해서 사랑해주세요
당신의 사랑이 영원히 지속될 수 있도록.

제국의 과정 - 쓸쓸함 / 토마스 콜 / 1836.

방황하지 않겠어요

조지 고든 바이런

이렇게 밤이 깊어가도록
우리 다시는 방황하지 않겠어요
아직도 마음은 뜨거운 사랑에 불타고

아직도 달빛은 환하게 빛나고 있지만
칼날은 칼집을 어느새 닳게 하고
영혼은 가슴을 헤어지게 하는 것이니

마음에도 잠깐 숨 돌릴 멈춤이 있어야 하고
사랑에도 휴식이 있어야 하겠지요
밤은 사랑을 위해 이루어진 것.

그 밤이 너무 빨리 지나간다 해도
우리 다시는 방황하지 않겠어요
환한 달빛을 받으며.

삶의 항해 / 토마스 콜 / 1842.

사랑의 부재

토머스 하디

만약 어느 양심의 신이 드높은 하늘 위에서
"그대, 괴로움에 겨운 것아, 이것만큼은 알아 두길.
그대의 슬픔은 나의 환희요,
그대 사랑의 부재는 내 증오의 이익임을"

그런다면 나는 그 악감정이 부당한 만큼
오히려 강철처럼 견디며 이를 악물고 죽겠습니다
나보다 더 강한 어떤 '권능'이 있어 그의 절대적 의지로
내 몫의 눈물 쏟았노라 생각하고 반쯤 안도하면서.
하지만 그렇지 않군요

왜 기쁨은 살해되어 줄줄이 쓰러지고
왜 최고의 희망은 파종 후 꽃 필 줄 모를까요?
'무딘 우연'의 손이 찬란한 해와 달콤한 비를 막고.
주사위 던지는 시간은 재미 삼아 신음도 던지네요
반쯤 장님인 이 '운명 희롱자'들이
나의 신성한 순례길에
고통과 함께 짐짓 일말의 축복을 흩뿌려 놓았네요.

엘리야와 과부의 아들 / 포드 매독스 브라운 / 1864.

바다

로버트 브라우닝

곶을 천천히 돌면
갑자기 드넓은 바다가 펼쳐집니다

그리고 태양은
산봉우리를 넘보지요

이제부터 찬란한 태양은
화려한 황금빛을 비춰야 하고

"나에게는 살아가야만 할
인생이 있답니다."

쾰른, 패킷 보트 도착 : 저녁 /
조지프 말로드 윌리엄 터너 / 1826.

107

당신을 사랑하는 방법

엘리자베스 브라우닝

어떻게 내가 당신을 사랑하느냐고요?
나는 당신을 사랑합니다
내 영혼이 눈에 보이지 않도록, 저 멀리 존재의
끝과 아름다움을 찾아서, 도달할 수 있을 만큼
깊고 넓게 그리고 높이 나는 당신을 사랑합니다
타오르는 태양 아래서나 혹은 촛불 아래서
매일 가장 조용한 곳을 찾듯이
나는 당신을 자유로이 사랑합니다
사람들이 권리를 위해 치열하게 투쟁하는 것처럼.
나는 당신을 순수하게 사랑합니다
사람들이 칭찬에 얼어붙은 마음이 돌아서는 것처럼.
나는 당신을 사랑합니다
세상을 떠난 나의 성스러운 성인들과 함께.
내가 잃은 것으로 여겼던 사랑으로,
나는 당신을 사랑한답니다
내 평생의 숨결과 미소와 눈물로 그리고
만일 신이 허락한다면
죽고 난 후 더욱더 열렬히 당신을 사랑하겠습니다.

숨바꼭질 / 조지 힐리어드 스윈스테드 / 연도미상.

진실한 사랑

셰익스피어

나의 모든 사랑을 전부 가져가세요
사랑하는 그대여 그 모두를
그렇지만 그대가
이전까지 가지고 있던 것 외에
진실하고 참된 사랑이라고 부를 수 있는 것은
오직 하나밖에 없기에

지금의 사랑을 얻기 전에도
내 모든 것은 모조리 그대의 것이었습니다
나를 위해서 모든 사랑을 가져간 것이라면
결코 그대를 탓하지 않을 것입니다
하지만 나의 사랑을 그대가 멋대로 하기 위해
스스로를 속인 것이라면
신랄한 비난을 받게 될 것입니다

친절한 도둑이여, 그대의 약탈을 용서하겠습니다
비록 가난한 나의 소유를 그대가 모두 훔쳐갔을지라도
그럼에도 증오라고 알려진 상처보다 사랑이라 하여

주는 고통이 내게는 더욱 큰 슬픔이라는 것을
진실한 사랑은 알고 있습니다
모든 나쁜 것의 원천이 되는 유혹적인 호의여,
원한 때문에 나를 죽인다 할지라도
우리는 서로 적이어서는 안 됩니다.

아일랜드 소녀 / 포드 매독스 브라운 / 1860.

꽃씨

A.E 하우스먼

나는 땅을 갈아 도랑을 파고 잡초를 정성스레 뽑고
활짝 핀 꽃을 시장에 가져갑니다
아무도 사는 이가 없어 집으로 도로 가져왔지만
그 빛깔 너무 찬란해 몸에 치장할 수도 없군요

그래서 여기저기 꽃씨를 널리 뿌렸으니
내가 죽어 그 아래 묻힌다면
사람들의 기억에서 까마득히 잊혔을 때
나와 같은 젊은이가 찬란한 꽃을
볼 수 있게 하기 위해서였지요

어떤 씨앗은 새가 쪼아 먹었고
어떤 것은 매서운 계절의 추위로 상처 받았으나
그래도 이윽고 여기저기에
고독하지만 아름다운 별들을 피우게 될 겁니다

그리고 가벼운 잎을 지닌 따뜻한 봄이 올 때마다
매해 빠짐없이 찬란한 꽃을 보여 줄 것이며

그리고 내가 죽어 이미 사라지고 만 뒤에도
불행한 젊은이가 몸에 장식할 수 있게 되겠지요.

콘월드의 소녀와 램프 / 크리스토퍼 우드 / 1928.

지금의 사랑

셰익스피어

아가씨 어딜 헤매시나요?
제발 가지 말고 들어 봐요

그대 참사랑이 높은 노래,
낮은 노래 다 불러 줄 테니
제발 더 헤매지 말아요, 어여쁜 아가씨.

사랑하는 사람을 만나면
여행은 결국 끝나는 법.
똑똑한 이들은 이미 다 안답니다
사랑이 과연 뭐냐고요?
지금 아니면 절대로 없는 것.

지금이 기쁘고 지금이 즐거운 거죠
내일 일을 어느 누군들 알 수 있나요
미룬다고 좋을 건 아무것도 없어요

그러니 이리 와 내게 키스해요, 어여쁜 아가씨

젊음은 결코 영원한 것이 아니니까요

로마 성 베드로 대성당의 내부 / 조지프 말로드 윌리엄 터너 / 1819.

초원의 빛

월리엄 워즈워스

여기 적힌 짙은 먹빛이 희미해질수록
그대 사랑하는 마음도 점점 희미해지다면

여기 적힌 먹빛이 바래버리는 날
어쩌면 나 그대를 잊을 수 있겠습니다

초원의 빛이여
꽃의 무한한 영광이여
그것이 다시 돌아오지 않음을 서러워 마세요
그 속에 간직된 오묘한 힘을 찾으세요

초원의 빛이여
그 눈부신 빛이 빛날 때
그때 그 영광 찬란하게
영원한 빛을 얻으시길.

삶의 항해 : 청소년 / 토마스 콜 / 1842.

떠난 사람과 남는 사람

조지프 애디슨

위대한 사람들의 무덤을 바라볼 때면
내 마음속 시기심은 어느 새인가 모두 사라져 버립니다.
미인들의 묘비명을 읽을 때면
무절제한 욕망은 덧없어지죠.
아이들 비석에 새겨진 부모들의 슬픔을 읽을 때
내 마음은 이내 연민으로 가득해집니다.

하지만 그 옆에 있는 부모들의 무덤을 볼 때
곧 따라가 만나게 될 사람을 슬퍼하는 것이
얼마나 헛된 일인가를 깨닫게 됩니다.

쫓겨난 왕이 자신을 쫓아낸 사람들 옆에
묻혀 있는 것을 볼 때
또는 온갖 논리와 주장으로
세상을 갈라놓던 학자와 논객들이
나란히 묻힌 것을 볼 때면 인간의 하잘것없는
다툼, 싸움, 논쟁에 대해
나는 슬픔과 놀라움에 젖고 맙니다.

악마는 책망을 받았습니다. 모세의 장례식 / 윌리엄 블레이크 / 1805.

인격체의 관계

존 포웰

한 인격체로 성장해 가는 과정에서
어느 시점에서든,

나의 인격은
나를 사랑하거나 내가 사랑하는 이들,

나를 사랑하지 않는 이들,
내가 사랑하지 않는 이들과

어떤 관계를 맺느냐에 따라 결정된다

엘리자베스 1세 여왕 / 니콜라스 힐리어드 / 1576-1578.

그대의 사랑이 계속되는 한

로버트 브라우닝

그대여,
제발 사랑해주지 않으시겠습니까
그대의 사랑이 계속되는 한
언제까지나 그저 기다리고 있겠습니다

제 가슴에 꽂아 놓은 그대의 꽃은
찬란한 6월에 꽃을 피운 4월의 씨앗입니다
손에 들고 있던 마침내 씨앗을 뿌렸습니다

하나 둘 싹이 트고
드디어 꽃이 피어
사랑이 되는 것.

아니 사랑과 비슷한 것
당신은 결코 저를 버리지
않을 것이라고 믿었습니다.

키스 / 로렌스 알마 타데마 / 1891.

지배

조지 오웰

과거를 지배하는 자가
미래를 지배하게 되며
현재를 지배하는 자가
과거를 지배하게 된다.

시바 여왕이 승선 한 항구 /
클로드 로랭 / 1648.

이별

아서 시먼즈

이제 그대와 헤어지다니, 이제 헤어져
다시는 그대를 못 만나게 되다니

영원히 끝나다니, 나와 그대
무한한 기쁨을 가지고
또 깊은 슬픔을 지니고
이제 우리 서로 더 이상 사랑해서 안 된다면
만남은 너무나, 너무나도 외로운 일.

지금까지는 만남이 깊은 즐거움이었지만
그 즐거움은 이미 지나가 버렸군요

우리 사랑 이제 모두 끝나버렸으니
만사를 끝냅시다, 아주 끝내버립시다

나, 지금까지 그대의 달콤한 애인이었는데
새삼 친구로 지낼 수야 없지 않나요.

고양이 / 그웬 존 / 1904-1908.

가장 감미로운 노래

퍼시 비시 셸리

우리는 앞을 보고 또 뒤를 바라보면서
우리에게 없는 것을 늘 그리워합니다

우리의 가장 진지한 웃음 이면에는
어떤 괴로움이 늘 배어 있으니

우리의 가장 감미로운 노래는
가장 슬픈 생각을 이야기하는 것이군요.

가족의 초상 / 윌리엄 호가스 / 1735.

새로운 시작

필립 라킨

나무들이 자그마한 잎을 꺼내고 있습니다
마치 무언가 말하려는 것처럼
새로 난 싹들이 긴장을 서서히 풀고 퍼져 나갑니다
그런데 그 푸르름에 어딘지 모르게 슬픔이 있군요

나무들은 다시 태어나는데
우리는 늙기 때문일까요? 아닙니다, 나무들도 죽지요
해마다 나무들이 새로워 보이는 비결은
나무의 나이테에 적혀 있답니다

그러나 여전히 매년 찬란한 5월이면
있는 힘껏 푸르게 무성해진 숲은 끊임없이 살랑거립니다
작년은 죽었다고 나무들이 말하는 듯합니다
다시 새롭게 시작하라고, 새롭게, 새롭게.

숲 속의 집 / 토마스 콜 / 1847.

앨리스의 기억

루이스 캐럴

앨리스! 당신의 다정하고 부드러운 손길로

동심 가득한 재미있는 이야기를 가져다

어린 시절 꿈들이 아직도 남아 있는 그곳

기억의 신비로운 가닥 속에 두세요

먼 곳으로부터 가까스로 꺾어온

순례자의 시들어버린 꽃다발처럼.

이상한 나라의 앨리스 / 조지 던롭 레슬리 / 1879.

여유

윌리엄 헨리 데이비스

그것이 무슨 인생인가요, 근심으로 가득 차
잠시 멈춰 서 바라볼 시간조차 없다면.

나뭇가지 아래서 양과 소의 순수한 눈길로
펼쳐진 풍경을 차분히 바라볼 시간조차 없다면.

숲을 지나면서 수풀 속에 도토리를 숨기는
작은 다람쥐들을 바라볼 시간조차 없다면.

대낮에도 마치 밤하늘처럼 반짝이는 별들을
가득 품은 시냇물을 바라볼 시간조차 없다면.

아름다운 여인의 다정한 눈길에 고개를 돌려,
춤추는 그 고운 발을 바라볼 시간조차 없다면.

눈가에서 시작된 그녀의 환한 미소가
입가로 번질 때까지 기다릴 시간조차 없다면.

얼마나 가여운 인생인가요, 근심으로 가득 차
잠시 멈춰 서 바라볼 시간조차 없다면.

밀리 스미스 / 포드 매독스 브라운 / 1846.

한결같은 사랑

존 키츠

빛나는 별이여,
내가 그처럼 한결같을 수 있다면
밤하늘 높이 허공에 매달려 있으면서도
쓸쓸하거나 외롭지 않고
영원히 눈을 뜨고서 늘 내려다볼 수 있잖아요
마치 자연의 인내처럼, 마치 잠들지 않는 은둔자처럼
순수한 세정식을 행하는 경건한 사제의 의무처럼
인간의 해안을 감싸 돌면서 일렁이는 파도를 내려다보고
아니면, 산과 평야 위에 새로 내려
부드럽게 쌓인 눈을 내려다보지요
아니, 여전히 모든 것이 한결같고 영원히 바뀌지 않죠.
내 사랑하는 여인의 농익은 가슴을 가만히 베고 누워
그 부드러운 오르내림을 영원히 느끼는 것
그 불안한 초조 속에서 영원히 깨어나
여전히 그녀의 부드럽고 따뜻한 숨소리를 들으며,
그렇게 살고 싶어요
만약 그렇게 할 수 없다면
차라리 질식해 죽는 수밖에요.

결혼 풍속도 / 윌리엄 호가스 / 연도미상.

당신을 향한 그리움

존 클레어

당신은 늘 나와 함께 자고 함께 눈을 뜨는데
나 있는 곳에는 없군요

나는 내 품에 당신을 향한 그리움을 가득 안고
한낱 공기만을 품고 있을 뿐입니다

당신 모습은 보이지 않는데 말입니다
당신 눈은 언제나 나를 바라보고 있고

아침이나 낮이나 그리고 또 밤에도
내 입술은 언제나 당신 입술에 닿아 있습니다.

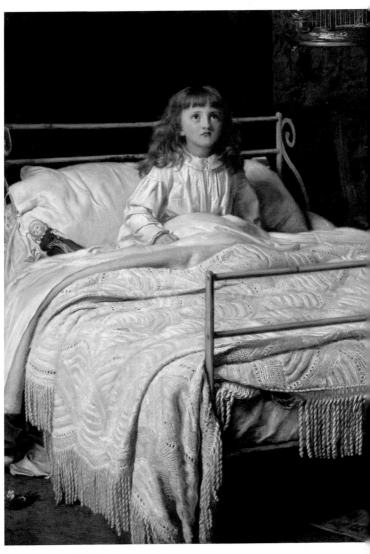

깨우기 / 존 에버렛 밀레이 / 1865.

말로 할 수 없는 사랑

블레이크

사랑을 감히 말하려 하지 말지니

사랑은 도무지 말로 할 수 없는 것입니다

어디서 생기는지 도통 알 수도 없고

눈에도 보이지 않는 그저 바람 같은 것입니다.

구름 연구 / 존 컨스터블 / 1822.

마음을 나눈 사이

사무엘 콜리지

나는 내 사랑과 마음을 서로 교환하였습니다
내 품에 그녀를 품었지만

왜 그런지 나는
포플러 나뭇잎처럼 와들와들 떨기만 했습니다

그녀는 아버지의 승낙을 받으라고 했지요
그녀의 아버지를 만나 나는 갈대처럼 떨었습니다

의젓하게 행동하려 했으나 그러지 못했지요
우리는 이미 마음을 나눈 사이인데 말입니다.

금붕어 판매자 / 조지 던롭 레슬리 / 연도미상.

인생이란 그림자

셰익스피어

내일 또 내일 그리고 또 내일이
삶의 마지막 순간까지
조금도 쉬지 않고 하루하루
종종걸음으로 소리 없이 조심스럽게 다가가고
덧없이 지나간 날들은 어리석은 자들에게
티끌 같은 죽음으로 돌아가는 길을 비추어 왔군요

꺼져요, 꺼져, 덧없는 촛불이여!
인생이란 기껏해야 걸어 다니는 그림자일 뿐.
잠시 주어진 짧은 시간 동안
무대 위에서 뽐내고 안달하지만
그 시간이 지나면 영영 사라져 버리는
가련한 배우일 뿐.

그건 그저 백치가 지껄이는 이야기,
요란한 소리와 노여움으로 가득 찼지만
뜻이라곤 아무것도 없답니다.

사려 깊은 사람 / 토마스 콜 / 1845.

내 사랑

로버트 번스

오, 내 사랑은 6월 여름에 갓 피어난
새빨간 장미 같군요
오, 내 사랑은 아름다운 곡조 따라
감미롭게 울리는 가락 같네요

바다란 바다가 모두 다 마를 때까지, 내 사랑아
바위가 뜨거운 태양에 녹아 없어질 때까지
오, 그대 영원히 사랑할게요, 내 사랑아
내게 생명이 있는 한.

그러니 부디 잘 있어요, 단 하나뿐인 내 사랑
잠깐만 작별하니 부디 잘 있어요!
내 다시 돌아올 테니, 내 사랑아
그 길이 아무리 만리 길이라 하더라도.

콘스탄트 람베르트 / 크리스토퍼 우드 / 1926.

미련 없는 이별

랜더

다툴 필요가 전혀 없기에
싸움 없이 살았습니다

자연을 사랑했고
또 예술을 사랑했지요

두 손을 찬란한 생명의 불 앞에 쪼였지만
불은 서서히 꺼져가니

이제 미련 없이 나 떠나렵니다.

샬롯의 여인 / 존 윌리엄 워터하우스 / 1894.

묘비명

월리엄 워즈워스

지나가는 기독교도여,
멈추오, 하느님의 자식이여

멈추어 따듯한 가슴으로 읽어주오
이 잔디 아래 한 시인,

아니 한때 그리 보였던 이가 묻혀 있나니
오, 잠시만 그들을 떠올리며 기도해주오

많은 세월 고통스레 숨 쉬며 죽음 같은 사람을 살았지만
죽어서나마 여기에서 삶을 찾을 수 있게
그가 그리스도를 통해 청했던 찬미.

자비를 바랐던 명세는 용서를 구하나니
당신도 그러기를.

창백한 말 위의 죽음 / 윌리엄 블레이크 / 연도미상.

파도

조지 고든 바이런

다시 거친 바다로 나왔군요
또다시 파도는 마치 주인을 알아보는 준마처럼
내 아래에서 반갑다고 날뜁니다

어서 오라 크게 소리치며
어디든 좋으니, 재빠르게 안내해주세요

팽팽한 돛대가 마치 갈대처럼 후들거리고
찢어진 범포가 세찬 바람 흩뿌려도
앞으로 가렵니다

나는 바위에서 뽑혀, 거친 대양의 거품에 내던져진
한 포기 잡초, 물결 휩쓰는 대로, 폭풍 이는 곳
그 어디든 떠돌겠습니다.

생명의 항해 - 맨후드 / 토마스 콜 / 1842.

아름다운 속삭임

조지 고든 바이런

아름다운 아가씨들 가운데
그대처럼 이상한 힘 갖는 이 없군요

당신의 아름답고 신비로운 목소리는
내 귀에 바다 위로 건너오는 잔잔한 음악과도 같아요

그대가 수줍게 속삭일 때마다
매료된 바다는 가만히 숨죽이고

파도는 고요히 잠들며 빛 반짝이고
바람은 어느새 멎어 꿈길에서 노는군요.

게인즈버러의 딸들 / 토머스 게인즈버러 / 1759.

호수에서

존 던

어느 그늘진 호수에서
흔들리는 푸른 잎사귀와 더불어
졸린 듯 머리 끄덕이며 나래 접고
즐거이 노래 부르는 로맨스,
나에게 아름다운 잉꼬새였다
나와는 친근한 새여서 나에게 알파벳과
가장 쉬운 말을 가르쳐 주었다
깊은 숲속에 누워
아주 총명한 눈을 지닌 아이였을 때
요즘에도 변함없는 콘도르는
요동치는 번개처럼 날아
높은 하늘을 흔들어 놓자
나는 불안한 하늘을 바라보느라
한가한 시간이 없다
더 조용한 나래의 시간이
나의 정신 속에 스며들 때
켤 수 없는 리라와 운문을 즐기며
보낼 수 있는 그 짧은 시간에도

내 마음은 현을 켜면서
마음 졸이며 떨어져야만 한다.

나이아가라 폭포의 먼 전망 / 토마스 콜 / 1830.

날 기억해 주세요

조지 고든 바이런

차가운 어느 묘비 위의 이름
길손의 발길 잠시 멈추게 하듯

그대 홀로 이 앨범 가만히 펼쳐 볼 때
내 이름도 애수 어린 그대 눈길 한 번 끌었으면

훗날 어느 해 어쩌다
그대 만약 내 이름 읽게 되거든

다른 죽은 이들처럼 날 기억해 주고
부디 내 마음 여기 묻혀 있다 생각해 주세요.

엘리자베스 여왕 1세 / 니콜라스 힐리어드 / 연도미상.

산꼭대기

조지 고든 바이런

아마도 산꼭대기에 오르는 사람은 보겠지요
짙은 구름과 눈에 가리어진 제일 높은 봉우리들을

인간을 넘어서거나 압도하는 자는
그 아래 있는 자들의 증오를 멸시하겠지요

저 높은 곳에 눈부신 태양의 영광 빛나고
저 낮은 곳에 광활한 대지와 대양 펼쳐 있지만

그의 주위엔 차가운 얼음덩이들과 앞을 다투는 폭풍들이
맨 이마에 거세고 요란하게 불어와

그 정상들로 이끌었던 노고에 보답하겠지요.

제국의 과정 - 야만 국가 / 토마스 콜 / 1834.

황금빛 수선화

윌리엄 워즈워스

골짜기와 언덕 위를 높이 떠도는 하얀 구름처럼
외로이 이리저리 헤매다가 문득 나는 보았네요

수없이 많은 황금빛 수선화가
잔잔한 호숫가 나무 아래서

미풍에 한들한들 가지런히 춤추는 것을,
은하수 별들처럼 반짝반짝 빛나며

물가 따라 끝없이 줄지어 뻗쳐 있는 수줍은 수선화
나는 한눈에 보았지요, 수많은 수선화들이

머리를 가볍게 살랑대며 흥겹게 춤추는 것을.

모세의 발견 / 로렌스 알마 타데마 / 1904.

여인의 노래

D.H. 로렌스

어스름에 나직하게
한 여인이 내게 노래를 불러 주면
나는 지난날의 추억을 가만히 더듬어
쇠줄 퉁기는 아름다운 소리 가운데
한 아이가 피아노 밑에 앉아 즐겁게 노래하면서

조용히 웃음 짓는 어머니의
작고 균형 잡힌 발을 누르는 것이 보인답니다
나도 미처 모르는 새에,
짓궂지만 교묘한 노래 솜씨는
내게 아련한 옛날을 생각하게 하여,

드디어 내 마음은,
밖은 얼어붙은 겨울이지만 아늑한 응접실에서
퉁기는 피아노에 맞춰 나지막이 찬송가를 부르던
옛 집에서 보낸 일요일 저녁으로 돌아가
어느새 눈물짓습니다

그러기에 이제 유일하게 노래하는 사람이
커다란 검은 피아노 아빠 소나타로써
우렁찬 목창을 아무리 크게 터뜨려도
그것은 헛된 일입니다

어린 시절의 매력이 자꾸만 나를 사로잡아
이제 나는 어른이건만 넘치는 추억에 잠겨
마치 어린애와도 같이
지난날을 생각하며 아련한 눈물짓는 것을.

템스 강, 웨스트 민스터에 대한 고찰 / 존 앳킨스 그림쇼 / 1880.

풍요로운 세상

D.H. 로렌스

자유로울 때 사람들은
결코 나쁘지 않습니다

대신 감옥이 사람들을 나쁘게 하고,
돈에 대한 강박이 사람들을 나쁘게 만들지요

사람들이 힘든 생계를 꾸려가야 한다는
막연한 공포에서 벗어나면

세상엔 풍요가 차고 넘쳐나겠죠
그러면 사람들은 오히려 기쁘게 일할 겁니다.

마샴의 아이들 / 토머스 게인즈버러 / 1787.

산 너머 행복

칼 부세

산 너머 저쪽 하늘 멀리에
모두들 진정한 행복이 있다고 말하기에

남을 따라 나 또한 행복을 찾아갔건만
오히려 눈물지으며 되돌아왔네요.

산 너머 저쪽 하늘 멀리에
모두들 진정한 행복이 있다고 말하건만.

세인트 아이브스 창 속의 중국 개 / 크리스토퍼 우드 / 연도미상.

무엇이 무거울까?

크리스티나 로제티

무엇이 무거울까?
바다 모래와 슬픔이,

무엇이 짧을까?
오늘과 내일이.

무엇이 약할까?
봄꽃과 청춘이.

무엇이 깊을까?
바다와 진리가.

그레이트 레드 드래곤과 태양을 입은 여인 / 윌리엄 블레이크 / 1805-1810.

텅 빈 사람들

T.S. 엘리엇

우리 모두는 텅 빈 사람들
우리 모두는 박제된 사람들
모두 서로 기대고 있지만
머릿속은 짚으로 가득 차기만 했습니다
슬프군요, 우리의 건조하고 메마른 음성은
우리가 함께 다정하게 속삭일 때조차
마른 풀잎을 스치는 조용한 바람처럼 건조한 지하실
깨진 유리 위를 오가는 쥐들의 발자국처럼
아무런 소리도 의미도 없습니다

형체 없는 텅 빈 모양, 색깔 없는 텅 빈 그림자,
마비돼버린 힘, 움직임 없는 텅 빈 몸짓
죽음이라는 또 다른 왕국을 부릅뜬 눈으로
건너간 사람들은 우리를 기억하겠지요.
모든 것을 잃어버린 난폭한 영혼들이 아닌
그저 텅 빈 사람들로서
박제된 인간으로서.

잉글랜드의 마지막 / 포드 매독스 브라운 / 1852.

인생의 계절

존 키츠

한 해가 네 계절로 채워져 있듯
인생에도 네 계절이 있습니다
활기찬 사람에게 봄은, 그의 마음이
모든 것을 아름답게 받아들이는 때이며,
여름은 화사하게 생기 넘치고
봄의 달콤한 기억을 사랑하면서
되새김질하는 때이니,
그의 꿈은 하늘 천정까지
높이 날아오르는 부푼 꿈을 꿈니다
영혼에 가을이 오면 꿈은 날개를 접고
올바른 것들을 놓친 잘못과 태만을
울타리 밖 실개천을 무심히 쳐다보듯
방관하여 체념하는 때입니다.
겨울이 오면 창백하게 일그러진 모습이거나
죽음의 길을 먼저 가있을 것입니다.

천둥번개가 친 후 매사추세츠 노샘프턴 홀리요크 산에서 바라본 풍경—옥스보우
/ 토마스 콜 / 1836.

쓸데없이 슬픈 자

셰익스피어

치유책이 없을 때는 최악 사태가 발생해서
희망 끝에 매달렸던 슬픔이 결국 끝나는 법

지나가고 끝난 불행한 일을 슬퍼함은
오히려 더욱 많은 불행들을 불러오는 길이 된답니다

운명의 여신을 앗아갈 때 절대로 지킬 수 없는 것은
그 손해를 참으면서 여신을 조롱하여

빼앗기고 웃는 자는 강도 것을 도로 훔치고
쓸데없는 슬픈 자는 그 자신을 잃는답니다.

가브리엘 소엔 / 로저 프라이 / 1919.

가장 어여쁜 나무, 벚나무

A. E. 하우스먼

가장 어여쁜 나무, 벚나무가 바로 지금
가지마다 주렁주렁 아름드리 꽃을 매달고
숲속 승마 도로 주변에 늘어서 있네요

부활절 맞아 곱고 하얀 옷으로 단장하고
이제 내 칠십 인생에서
스무 살은 다시 오지 않겠죠

일흔 봄에서 스물을 빼니
고작 쉰 번의 봄이 남는군요
활짝 만발한 꽃들 바라보기에

쉰 번의 봄은 그리 많은 게 아니니
나는 숲속으로 가겠어요
눈같이 활짝 핀 아름다운 벚나무 보러.

이웃 / 스탠리 스펜서 / 연도미상.

이미 가버린 행복

앨프리드 테니슨

부서지길, 부서지길, 제발 부서지길,
오 바다여! 그 차디찬 잿빛 바위 위로,

내 혀가 내 속에 불현듯 치밀어 오르는
생각들을 모두 표현할 수 있었으면 좋을 텐데요

오, 저 어부의 아들은 좋겠군요
누이와 즐겁게 장난치며 고함지르는군요!

오, 저 젊은 사공도 좋겠군요
드넓은 포구에 배 띄우고 노래 부르네요!

하지만 이미 가버린 날의 다정한 행복은
내게 결코 다시는 돌아오지 않는군요.

반 앰버그 씨의 초상화, 런던 극장에서 동물들과 함께 등장 /
에드윈 랜시어 / 1846-1847.

돌아올 수 없는 빛

윌리엄 워즈워스

한때 그토록 찬란하고 아름다웠던 빛이건만
이제는 속절없이 영원히 사라진
두 번 다시는 돌아올 수 없는

아, 초원의 빛이여
아, 꽃의 영광이여

하지만 우리는 슬퍼하지 않겠어요
오히려 강한 힘으로 살아남겠어요

존재의 무한한 영원함을
티 없는 가슴으로 믿겠어요

삶의 고통을 사색으로 고요히 어루만지고
죽음마저 훤히 꿰뚫는
명철한 믿음이라는 세월의 선물로.

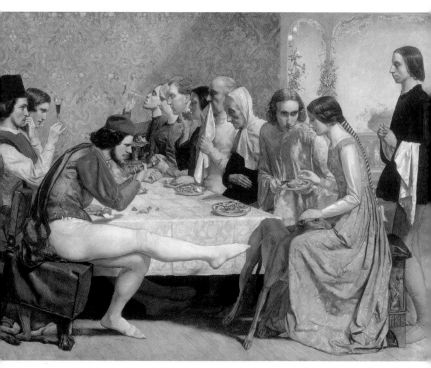

이사벨라 / 존 에버렛 밀레이 / 연도미상.

휴식

퍼시 비시 셸리

우리는 한밤의 찬란한 달을 가리는 구름 같은 존재,
구름은 짙은 어둠을 뚜렷이 드러내며,
얼마나 쉴 새 없이 달리고, 반짝이며, 떨리는지요!
그러나 곧 어두운 밤이 들어차고,
그러면 영원히 사라지고 말지요

또한 잊힌 수금琴瑟 같은 존재, 불협화음의 현들은
변화하는 바람결마다 서로 반응하고,
어떤 두 번째 선율도 그 연약하고 가냘픈 악기에
앞의 선율과 같은 음색과 분위기를 일으키지 못 하지요
우리는 휴식합니다

하나의 꿈이 잠에 독이 될 수도 있으니까요
우리는 일어섭니다
하나의 방향 없는 생각이
하루를 망칠 수 있으니까요

우리는 느끼고, 상상하거나 추론하고, 웃거나 웁니다

마음에 드는 비애를 껴안거나,
쓸데없는 걱정을 내던져 버립니다
그래도 다 마찬가지입니다!

기쁨이든 슬픔이든,
그것이 떠나는 길은 그래도 자유로우니
사람의 어제는 결코 내일과 같을 수 없고
무상 아닌 그 어떤 것도 견뎌내지 못할 것입니다.

일하는 즐거움

D.H. 로렌스

자신이 마치 게임을 하는 것처럼
집중하지 않는다면

절대로 일하는 의미가 없습니다.

자신이 제대로 몰입하지 않는다면
결코 아무런 즐거움도 생길 수 없으며

차라리 아무것도 하지 않는 것이 좋습니다.

케임브리지의 왕자 조지 왕자의 재산, 단골손님들 / 에드윈 랜시어 / 1834-1835.

우리의 만남

조지 고든 바이런

길 없는 숲에 남모를 기쁨이 있습니다
외로운 바닷가에 황홀함이 있습니다

아무도, 누구도 침범치 않는 곳
깊은 바다 곁, 그 함성의 음악 속에 사귐이 있습니다
난 사람을 덜 사랑하기보다는 자연을 더 사랑합니다

이러한 우리의 만남을 통해
현재나 과거의 나로부터 조심스럽게 물러나

우주와 뒤섞이며, 비록 표현할 수는 없으나
온전히 숨길 수 없는 바를 진심으로 느끼기에.

에섹스의 비벤호 공원 / 존 컨스터블 / 1816.

불꽃 소리

로버트 브라우닝

회색빛의 고요한 바다
한없이 캄캄하고 비탈진 언덕
금방이라도 숨을 것 같은 크고 노란 반달
잔물결은 이제야 잠에서 깨어나
둥근 고리 이루며 환한 불꽃처럼 흩어지네요

나는 작은 조각배를 몰아 잔잔한 샛강을 흘러
물에 젖은 갯벌에 이윽고 배를 멈춥니다
바다 내음 그윽한 따스한 갯벌을 가만히 지나
세 구비 들판을 지나 어느덧 농가에 이르고

가벼이 창을 두드리면
안에서 들려오는 성냥 켜는 소리
환하게 타오르는 파란 불꽃
목소리는 두 사람의 두근거리는 심장 소리보다 낮고
두려움과 기쁨으로 그저 마냥 설렙니다.

제국의 과정 - 제국의 완성 / 토마스 콜 / 1836.

어른이 되는 법

러디어드 키플링

만일 당신이 가진 모든 걸 잃었고
모두가 당신을 신랄하게 비난할 때
냉정함을 유지할 수 있다면
모든 이들이 당신을 의심할 때
당신 자신을 굳게 신뢰할 수 있다면

만일 당신이 끝까지 기다릴 수 있고
그 기다림에 쉽게 지치지 않을 수 있다면
거짓이 들리더라도 거짓과 결코 타협하지 않으며
미움을 받더라도 그 미움에 굴복하지 않을 수 있다면
꿈을 꾸지만 꿈의 노예가 되지 않을 수 있다면
당신 인생을 바쳐 이룩한 것이
어느 순간 무너져 내리는 걸 보고
허리 굽혀 낡은 연장을 들어 다시 차근차근
세울 수 있다면
당신이 지금까지 성취한 모든 걸 한데 모아서
단 한 번의 승부에 전부 걸 수 있다면
비록 패배하더라도 다시 시작할 수 있다면

누군가를 도저히 용서할 수 없는 1분의 시간을
60초 동안의 달리기로 채울 수 있다면
이 세상의 모든 것은 다 당신의 것이며
그때 당신은 비로소 어른이 되는 것입니다.

수녀원 정원 / 조지 던롭 레슬리 / 연도미상.

사랑과 명성

존 키츠

내가 사라질지도 모른다는 생각에 갑자기 두려워질 때
내 펜이 넘쳐흐르는 내 두뇌에서
떨어진 이삭을 줍기도 전에
알파벳순으로 높이 쌓인 수많은 책들이
완전히 익은 곡식알을 풍성한 곡창 속에 간직하기도 전에
내가, 별 총총히 박힌 어두운 밤의 얼굴에서
거대한 구름의, 고귀한 사랑 이야기의
강렬한 상징들을 바라보고
행운의 마법 같은 손으로 그들의 그림자를
끊임없이 추적할 만큼
오랫동안 살 수 없을지도 모른다는 생각이 들 때
아, 시간의 아름다운 창조물이여,
내가 더 이상 그대를 바라볼 수 없다고
무분별한 사랑의 황홀한 마력을 다시는
맛볼 수 없다고 느낄 때
그때 광활한 세상의 한적한 해변에
나는 홀로 서서 생각합니다
사랑과 명성이 허무함으로 가라앉을 때까지.

건축가의 꿈 / 토마스 콜 / 1840.

사랑

월터 롤리

사랑이란,
쾌락과 회한이 함께 고여 있는 크고도 작은 샘.
천당과 지옥에 다 같이 은은한 종소리를
울려 퍼지게 하는
그런 종일는지도 모르지요.
사랑은 거센 비 쏟아지는 창가로 살그머니
드리우는 한 줄기 햇살.
치통, 혹은 근원을 알 수 없는 심각한 고통.
어느 누구도 이기지 못하는 게임,
한쪽이 거절하면 더욱 달아오르는 게임.

하지만 금세 사라져 버리고 마는 것.
그래서 약간이라도 유리할 때 꼭 붙잡아야 하는 것.
살며시 스며 들어와서는 좀처럼 떠나가지 않는 것.

사랑은 요리조리 옮겨 다니는 것.
한 사람이 가지지만, 동시에 여럿이 가질 수도 있는 것.
그러나 각자가 스스로 발견해야만 가질 수 있는 것.

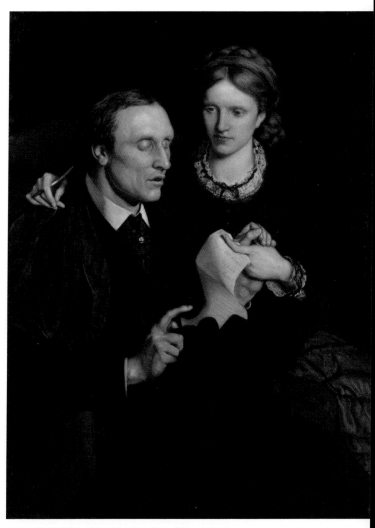

헨리 파웻, 밀리센트 가렛 파웻 부인 / 포드 매독스 브라운 / 1872.

사랑의 끝

조지 고든 바이런

"저를 어떻게 사랑하게 되었나요?"
아, 그것을 내게 묻다니 그대는 참으로 가혹하군요

그 수많은 눈길을 읽으시고도
그대를 바라볼 때 나의 인생은 비로소 시작된답니다.

우리 사랑의 종말을 정말 알고 싶으신가요?
미래가 두려워서 마음은 늘 한결같이 제자리이지만

사랑은 끝없고 영원한 슬픔의 끝을 헤매며
내 삶이 끝나는 바로 그날까지 살아가게 될 거예요.

이시스 신전의 숲에서 / 존 윌리엄 고드워드 / 1915.

대가와 우주적 자유

D.H. 로렌스

노동의 대가는 정당한 임금
현금의 대가는 더 많은 현금
더 많은 현금의 대가는 악의에 찬 끊임없는 경쟁
악의에 찬 경쟁의 대가는 - 우리가 사는 이 세상이지요

노동 - 현금 - 결핍의 끊이지 않는 순환이
인간을 악귀로 만드는 최악의 순환입니다

임금을 버는 행위는 마치 끔찍한 감옥살이와 같은 것.
그리하여 임금 노동자는 일종의 죄수랍니다
월급을 받는 행위는 간수의 직업.
죄수라기보다는 오히려 간수의 일이지요

수입에 의존해 사는 것은 그저 감옥에 갇히지 않으려고
겁에 질려 감옥 밖을 거만하게 어슬렁거리는 것일 뿐.
노역장이 우리의 생활터전 곳곳을 뒤덮고 있기에 우리는
좁은 길을 오가며 아무 생각 없이 어슬렁거립니다
마치 운동하는 죄수처럼.

이브의 유혹과 타락 / 윌리엄 블레이크 / 1808.

운명의 칼날에 이를 때까지

셰익스피어

진실한 마음의 사랑 앞에는 장애물을 놓지 마세요
사랑을 은밀히 감추는 무엇인가 발견되었을 때
변하는 사랑이면 그건 결코 사랑이 아닙니다

사랑은 영원히 고정되고 불변하는 하나의 표적
사나운 비바람에도 흔들리거나 동요하지 않는 바위
방황하는 모든 배들에게 밤하늘의 별과 같은 것
그 높이는 알 수 있어도 그 가치의 깊이는
정녕 알 수 없습니다

사랑은 세월의 어릿광대가 아닙니다
장밋빛 입술과 뺨이 자신의 굽어진 낫에
날카롭게 베일지라도
사랑은 짧은 몇 시간, 몇 주 사이에 변하지 않으리니
운명의 칼날에 이를 때까지
사랑은 영원한 지지를 얻을 것입니다.

샬롯의 여인 / 존 윌리엄 워터하우스 / 1888.

인생

T.S. 엘리엇

인생은 어찌 보면 깁니다
우리의 욕망과 충동 사이
배아胚芽의 발생 능력과 존재 사이
본질과 그로부터 파생된 것들 사이에

깊고 어두운 그림자가 드리웁니다
그러니 왕국은 그대들의 것입니다
그대의 삶은 궁극적으로 그대의 것.

세상은 결국 이렇게 끝나는군요
세상은 결국 이렇게 끝나는군요
세상은 결국 이렇게 끝나는군요

쾅 소리가 아닌 고요한 훌쩍임과 함께.

캐니 글래스고 / 존 앳킨스 그림쇼 / 1887.

달콤한 그대

셰익스피어

운명에게, 사람에게조차 버림받았을 때
나는 홀로 버려진 신세를 깊이 탄식하며
아무런 대답 없는 하늘을 향해 헛되이 외쳐보고
나 자신을 돌아보며 지독한 운명을 저주하고

희망으로 가득 차서 행복하게 살기를 원하며
잘생긴 사람과 인기 있는 사람을 새삼스레 부러워하고
이 사람의 재능과 저 사람의 능력을 은근히 탐내며
나 자신이 지닌 것에 불만을 품습니다

그러한 자신을 지독하게 경멸하다가도
문득 그대를 생각하면 나의 마음은 어느새
새벽에 하늘을 힘차게 날아오르는 종달새처럼
어두운 대지를 올라 천국의 문턱에서
아름다운 노래를 부릅니다

그대 달콤한 사람으로 내 마음만큼은 부자가 되니
나는 내 현재를 왕과도 절대 바꾸지 않겠습니다.

장난과 휴식 / 존 윌리엄 고드워드 / 1895.

오터 강에게

윌리엄 워즈워스

소중한 고향 사내, 서부의 거친 실개천이여
마지막으로 네 가슴 결에 반반하고 얇은 돌멩이를
날리고 돌이 통통 튀는 횟수를 세아린 후로
참 많고도 다양한 운명 같은 세월이 지나갔구나
행복한 시간들과 슬픈 시간들.
하지만 어린 시절 그 즐거운 정경들이
가라앉아 깊이 각인되었기에
내가 눈부신 햇살에도 두 눈을 감지 않고
네 물결이 일으키는 온갖 물빛,
너를 건너는 널다리 잿빛 버드나무들이
자라는 개울가와 다채로운 색조로
가늘게 줄무늬 져서 밝고 맑은 물 사이로
반짝이는 모래까지 직시하는 것이리라
살아오면서 어린 시절의 꿈들.
너희도 가끔은 고독한 성년의 걱정들을 달래주곤 했지만
깨고 나면 허망한 한숨뿐
아! 다시 한번 속 편한 아이 시절로 돌아갔으면.

휘슬 재킷 / 조지 스터브스 / 1762.

죽은 후

크리스티나 로제티

커튼이 반쯤 드리워지고, 마루를 걸레질하고
골풀이 깔렸습니다. 내가 누워 있던 침대에는
로즈메리와 산나무가 두텁게 깔렸네요
격자창 사이로 담쟁이 그림자가 스멀거리던 곳에서
그 사람은 나에게 몸을 수그렸습니다
내가 잠들어 듣지 못할 줄 알았겠지만
그의 말이 들렸지요. "가엾은 사람, 가엾은 사람."
그 사람이 돌아서자 깊은 침묵이 이어졌고,
이내 그가 우는 것을 알게 되었습니다.
그 사람은 수의를 만지지도, 내 얼굴을 덮은
주름을 들추지도, 내 손을 잡거나, 내 머리에
납작해진 베개를 부풀려 주지도 않았습니다
그는 살아 있던 나를 사랑하지 않았지만
죽은 나를 동정했습니다
비록 내 몸은 식어버렸지만 그 사람이
여전히 따뜻하다는 것을 알고 나니 어찌나 행복한지요.

해질녘에 십자가 / 토마스 콜 / 1848.

가장 달콤한 괴로움

맥도나

사랑은 쓰고
사랑은 달콤합니다.
두 사람이 서로 만나기까지 한숨짓고
한숨지으며 또다시 만나는 연인들
한숨짓고 만나고
또다시 한숨짓다니.
이런 쓰고 달콤함이여,
오, 가장 달콤한 괴로움이여!

사랑은 앞 못 보는 소경.
사랑은 짓궂은 장난꾸러기.
소경에 장난꾸러기인 사랑.
생각은 대담하지만 말은 수줍답니다.
대담하고 수줍은 사랑.
대담하다 수줍고 다시 대담해지고.
대담함은 달콤한 것.
수줍음은 괴로운 것.

맨체스터 세인트 앤 스퀘어 / 존 앳킨스 그림쇼 / 연도미상.

거미줄

크리스티나 로제티

그곳은 밤도, 낮도, 더위도 없고
추위도, 바람도, 비도 없습니다
산도, 계곡도 없는 나라
그저 평탄한 평원이
아무런 굴곡 없이 길게 수십 리나 뻗어 있고
굼뜬 대기 도처에는 잿빛 황혼만이 조용히 덮여 있을 뿐.

차고 기우는 달도, 계절도,
바다에 밀려왔다 쓸려 가는 조류도,
싹 트는 시기도, 잎이 떨어지는 시기도 영원히 없는 나라.
바다에 이는 잔물결도, 흐르는 모래밭도
고여 있는 공간을 휘젓는 날갯짓조차 없는 곳.

그 무정한 땅, 무정한 바다 그 어디에도
생명의 맥박 하나 없고, 지난날들의 흔적도,
보호벽을 두른 집도, 시간에 닳고 닳은 쉼터도,
앞날의 희망도, 두려움조차 영원히 없는 나라.

제국의 과정 - 파괴 / 토마스 콜 / 1836.

불멸의 아이들

퍼시 비시 셸리

어느 시인의 입술에서 나는 달콤한 잠을 잤습니다
마치 사랑에 통달한 사람처럼
그의 부드러운 숨결소리 들으며 행복한 꿈을 꾸었습니다
그는 인간의 행복을 구하지도 찾지도 않았지요
상념의 황야를 드나드는 수많은 형상들의
신기하고 기묘한 키스를 먹고 살 뿐.
그는 새벽부터 저녁까지 그저 지켜보기만 합니다
호수에 눈부시게 반사된 해가 담장이 꽃 속
노란 벌들을 비치면서 반짝이는 것을.
그것들이 무엇인지는 주의하지도
자세히 보지도 않습니다
하지만 그는 이들로부터 놀라운 것을 창조해냅니다
산 사람보다 더 참된 형상들을,
바로 불멸의 아이들을.

아, 사랑스런 새끼 양들 / 포드 매독스 브라운 / 1851.

마침내 잠이 듭니다

크리스티나 로제티

마침내 잠이 듭니다. 걱정과 격정을 끝내고
마침내 잠이 듭니다. 고투와 공포도 모두 내보낸 채
차갑게 그리고 창백하게, 친구와도 연인과도 떨어져
마침내 잠이 듭니다

더 이상 지친 가슴이 풀죽거나 울적해지지 않고
더 이상 쥐어짜는 고통도,
이래저래 맴도는 걱정들도 없이
꿈조차 꾸지 않는 잠에 단단히 잠기어
마침내 잠이 듭니다

깊이 잠이 들었습니다. 우거진 나뭇잎들에 숨어
노래하는 새들조차
그녀를 깨우지 못하고, 세찬 돌풍도
그녀를 흔들지 못합니다
보라색 백리향과 보라색 클로버 아래
마침내 잠이 들었습니다.

불타는 6월 / 프레더릭 레이턴 / 1895.

세 계절

크리스티나 로제티

"희망을 위하여 한 잔!" 그녀가 말했습니다
꽃이 활짝 피기 전의 봄날이었네요
그녀의 진한 붉은 입술에 비하면
진홍색 포도주는 초라하고 차가웠답니다

"사랑을 위하여 한 잔!" 아주 저음이고
아주 부드러운 말들이었습니다. 그래서
내내 불그스름한 얼굴이 미소로 일렁였지요
마치 눈 내리고 여름이 온 것처럼

"추억을 위하여 한 잔!"
홀로 비울 수밖에 없는 마지막 차가운 한 잔.
그 사이에 가을바람이 일어나 윙윙대며
황량한 바다를 가로지릅니다

희망, 추억, 그리고 사랑의 세 계절.
희망은 맑은 아침을, 사랑은 뜨거운 한낮을, 그리고
추억은 잿빛 저녁과 외로운 비둘기를 위하여.

바다 소녀 / 크리스토퍼 우드 / 1927.

노래

크리스티나 로제티

그녀는 앉아서 늘 노래했지요
어느 시내의 녹색 물가에서
기쁘고 따스한 햇살 아래
뛰어 노는 물고기들을 아련하게 바라보며

나는 앉아서 늘 울었답니다
몹시도 아련한 달빛 아래서,
시냇물에 꽃잎 눈물 흘리는
5월의 꽃들을 아련하게 바라보며

나는 추억이 그리워 울었고
그녀는 곱디 고운 희망을 노래했지요
내 눈물은 바다가 그만 삼켜버렸고
그녀의 노래는 공중에서 사라져 버렸네요.

봄 / 로렌스 알마 타데마 / 1894.

희망의 인내심

크리스티나 로제티

양지와 음지에서 활짝 피어나
아침 이슬에 반짝이는 꽃들
그 꽃들도 차츰 시들지요
경쾌하고 즐거운 봄이 다시 오면
보드라운 둥지를 짓고 노래하는 새들도
이내 날아가지요
스스로 일어나 온 세상을
일깨우고 따뜻하게 해주는 태양도
결국에는 지고 말지요.
거품 부풀어 오르고 소용돌이치는 파도로
해변에 흠뻑 넘쳐흐르는 바닷물도
다시 한 번 빠져나가지요.
만물이 왔다 가고, 만사가 흥하다 기우는 법이지요.
신이여, 오로지 당신만이 한결같이
영원토록 우리 곁에 남아 계시지요.
만물이 지금 우리를 저버려도
우리는 당신을 믿나니.

무제 / 조지 힐리어드 스윈스테드 / 연도미상.

황홀한 새소리

크리스티나 로제티

해돋이는 종달새를 일깨워 노래하게 합니다
달돋이는 나이팅게일을 일깨우지요
어둠아, 뜨는 달아, 너무나도 고요하고 다정하고
어슴프레한 모든 것들아, 오라
와서, 너희들 나이팅게일을 일깨워라

어서 빨리 솟아올라라, 그리움에 젖은 달아
어서 빨리 나이팅게일을 일깨워라
정적은 세상과 장단을 맞추어
나이팅게일이 지저귀는
저 무언의 얘기를 그저 귀 기울여 듣지요

오 알림이 종달새야, 그 비상을
잠시만 멈추어라, 나이팅게일이
우리를 슬픔과 환희로 가득 넘치게 하나니.
내일도 너는 항해의 돛을 감아올리겠지만
나이팅게일은 오늘 밤 우리를 떠나리니.

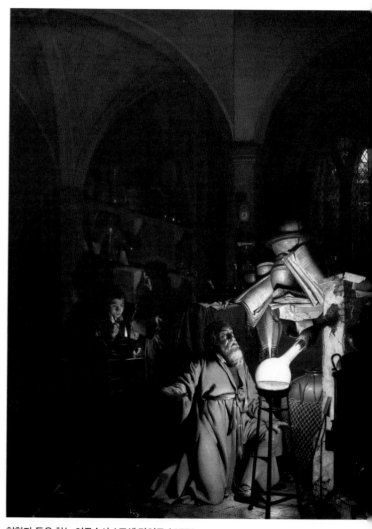

철학자 돌을 찾는 연금술사 / 조셉 라이트 / 1771.

겨울비

크리스티나 로제티

온 골짜기가 들이마십니다
모든 협곡과 도랑도.
다정한 비가 내려 가만히 스미는 곳에서
봄의 녹색이 잇따릅니다

하지만 앞으로 몇 주만 흐르면
새싹들이 가장자리를 터뜨리며
털옷, 끈적이는 풀 옷, 줄무늬 옷을 벗겠지요
숲과 산울타리 사이사이에서.

사랑의 정자를 엮어
새들은 서로 짝짓기하고
둥지 위에 덮개를 짜서 얹고
알을 낳아 어미가 되겠지요.

그러나 살찌우는 비가 없다면
우리에겐 꽃 한 송이, 새싹 하나,
이파리 하나 없겠지요
흠뻑 적시는 소나기가 없다면

흔들리는 나무꼭대기에서
짝짓기하는 새도,
초원의 작물들을 뜯어먹는
양 떼, 소 떼도 정녕 없겠지요

북슬북슬한 털의 새하얀 어린 양들,
큰 양들이 해가 밝은 초원에서
뜯어먹을 풀 한 포기 없겠지요
때맞춰 적절하게 내리는 비가 없다면.

어둑어둑 그늘진 곳에서
이끼 한 포기조차 찾지 못하고
동그란 눈의 데이지들로 얼룩덜룩
물결치는 초원 풀밭도 보이지 않겠지요

그저 메마르고 황량한 사막만 수십 리
아들 하나 딸 하나 없고
육지에는 백합 한 송이
물 위에는 수련 한 송이조차 없겠지요.

나폴리 포실 리포에서 바라본 베수비오 전망 / 조셉 라이트 / 1788-1790.

대체 누가 바람을 보았을까요

크리스티나 로제티

대체 누가 바람을 보았을까요?
나도 당신도 아니지요

하지만 나뭇잎들이 흔들리고 있으면
바람이 헤쳐 가는 거랍니다

대체 누가 바람을 보았을까요?
당신도 나도 아니지요

하지만 나무들이 머리를 수그리면
바람이 지나가는 거랍니다.

미스 메리 히키 / 조슈아 레이놀즈 / 1770.

겨울: 나의 비밀

크리스티나 로제티

나의 비밀을 말해 줄까요? 설마요, 난 절대 아니지요.
혹시 언젠가는 누가 알지도 모르지요
하지만 오늘은 아니에요
이렇게 꽁꽁 얼었는데 말이지요
바람에, 눈까지 오네요. 당신 호기심이 너무 많군요. 쳇!
듣고 싶다고요? 나 참.

그래도, 나의 비밀은 내 것, 말하지 않겠습니다
아니, 결국은 비밀이 없을지도 모르지요
어쨌든 비밀은 없다고 치겠습니다
그저 나의 장난일 뿐이라고.
오늘은 마치 살을 에는 듯, 뼈에 스미는 듯이 추운 날.
이런 날씨에는 숄이 필요하지요
덮개, 외투나 다른 가리개도 좋답니다

똑똑 두드린다고 누구나 다 열어줄 순 없습니다
그러면 외풍이 집안으로 쌩쌩 들어올 테니 말입니다
들어와서 나를 감고 휘감겠지요.

들어와서 내 몸을 이리저리 치고, 농락하며
내 가리개들을 모조리 물어뜯어 찢어놓겠지요.
나는 보온용 마스크를 씁니다

대체 누가 러시아의 눈발에
코를 드러내 놓고 다니겠어요,
부는 바람에 그저 콕콕 쪼이기밖에 더하겠어요?
당신은 쪼지 않겠다고요? 호의에 정말 감사합니다.
진심이에요, 그 진심만큼은 검증하지 말고
그냥 넘어가 주세요

봄은 팽창의 시간입니다
하지만 난 믿지 않습니다
먼지투성이인 3월도, 무지개 관을 쓰고
짧은 소나기를 내리는 4월도
심지어 5월 조차도요, 햇살 없는 시간에
서리 한 번이면 모든 꽃들이 시들어버리지요

혹시 어느 나른한 여름날,
졸린 새들의 노랫소리가 조금씩 잦아들고,
황금빛 과일이 무르익어 갈 때,
햇볕이 너무 많지 않고, 구름도 너무 많지 않고,
따뜻한 바람이 조용하지도 시끄럽지도 않을 때
혹시 나의 비밀을 말해 줄지 모릅니다
아니면 당신이 추측해 보세요.

10월 하순 / 존 앳킨스 그림쇼 / 1882.

녹색 옥수수 밭

크리스티나 로제티

"계속 노래하며 비상하고, 끊임없이 비상하며 노래하라."
대지는 녹색이요, 하늘도 푸릅니다
해가 밝은 어느 아침 그 둘 사이에
떠 있는 종달새, 옥수수 밭 상공에서 노래하는
마치 작은 점 같은 새를 보며 들었답니다

한참 밑에서도, 덩달아 기뻐하며
하얀 나비들이 춤추며 날아올랐습니다
흥겹게 노래하는 종달새는 계속 비상하다
조용히 추락하고, 다시 비상하며 노래했지요

나의 산책로 좌우로
연초록의 옥수수 밭이 펼쳐져 있습니다.
필시 무수한 줄기들 사이 어디쯤에
종달새의 둥지가 있는 것 같아요

내가 걷다가 멈추어 종달새의 노래를 듣는 사이에
해가 밝은 순간들이 덧없이 흘러갔습니다

아마 새의 짝도 앉아서 오랫동안 들었겠지요.
나보다도 오랫동안 들었겠지요

여우 사냥 : 사냥개 격려 / 존 프레데릭 헤링 시니어 / 1839.

바닷가에서

크리스티나 로제티

왜 바다는 언제나 신음할까요?
하늘길이 막힌 바다는 늘 한탄합니다
해안선에 부서지며 조바심내지요
대지의 강물을 다 들이 부어도 끊임없이
들이켜는 바다의 갈증은 절대로 못 풀어 주겠지요
보이지 않는 바다 저 밑에는 기적처럼
아주 사랑스러운 것들이 숨어 있답니다
말미잘들이, 소금이, 아무런 열정도 없이
꽃처럼 피어납니다

그저 흡족하게 살면서 피어나고 증식하고 또 번성합니다
동글동글, 얼룩덜룩, 뾰족뾰족 기이한 조개들
껍데기로 뒤덮인 생물들은 마치 아르고스의 눈처럼
아주 비슷하면서도, 또 전혀 다르게
아무런 고통 없이 태어나
고통 없이 죽습니다
그렇게 사라져 없어집니다.

제1차 세계 대전 두 명의 군인이 심하게 다쳤고, 한 명은 편안했다 /
조지 힐리어드 스윈스테드 / 1915.

기억해주세요

크리스티나 로제티

나를 기억해주세요, 내가 멀리 떠나거든
고요한 나라로 멀리 떠나가거든
당신이 더 이상 내 손을 잡지 못하고
나도 가던 길을 돌아와 머물지 못하게 되거든
나를 기억해주세요. 더 이상 매일같이
당신이 계획한 우리의 미래를 들려주지 못하게 되거든.
꼭 나를 기억해주세요
그때 가서 의논하고 빌어봐야 늦었다는 걸
당신도 잘 알잖아요

하지만 당신이 나를 잠시라도 잊었다가
훗날 다시 기억하더라도, 슬퍼하지 마세요.
어둠에 싸여 썩었더라도 한때 내가 품었던
생각들의 흔적이라도 조금이라도 남는다면.
당신이 기억하고 슬퍼하는 것보다는
차라리 당신이 잊고 미소 짓는 편이
훨씬 좋을 테니까요.

할머니의 달링 / 조지 힐리어드 스윈스테드 / 연도미상.

만일

크리스티나 로제티

만일 그이가 오늘, 바로 오늘 오신다면
오, 얼마나 기쁜 오늘이 될까요
그런데 지금 그이는 떠나고 없습니다

나를 두고 수만리 바다 건너 저 멀리.
아 작은 새야 날고, 날고, 또 날아라
따뜻한 서쪽 네 둥지로 날아가다가

그이에게 전해다오, 둥지로 날아가는 길에
집에 들렀는데 내가 죽어가고 있더라고.
내 곁에는 여동생 하나, 남동생 하나

충실한 개와 순둥이 흰 비둘기가 전부일 뿐.
그런데 또 한 사람, 예전에 한 사람이 더 있었지요
그이가 그립습니다, 내 사랑, 내 사랑!
너무 춥군요, 아 지루한 세상

여기에 나 홀로 그저 앉아 있으려니

마냥 기다리며 늙어가고 싶지 않습니다
그냥 죽어 떠나버릴지언정
내가 침대에 누워 죽거든 곱게 치장해주세요.

누워 있는 그대로 곱게.
혹시 그이가 돌아와 죽은 나를 지켜볼지 모르니
그이를 그리다가 이렇게 죽어간 나를.

돌과 함께 무덤을 파고, 비석을 세워 표시해주세요
비석에 내 이름을 새겨서.
비록 그이가 안 돌아와도, 난 그런 줄도 모르고,
내내 잠만 자겠지만요.

해질녘 항구 / 클로드 로랭 / 1639.

나 죽거든, 임이여

크리스티나 로제티

나 죽거든, 임이여
슬픈 노래는 부르지 마세요
내 머리맡에 장미도
그늘진 삼나무도 심지 마세요
그저 그 위에 녹색 잔디만 덮어
소나기와 이슬방울에 젖게 두세요
그래서 내가 생각나면 기억하시고,
잊으려거든 그냥 잊으세요

나는 그림자도 못 보고
비 내리는 것도 못 느낄 거예요
나이팅게일이 고통스럽게
울어대도, 내겐 안 들릴 거예요
뜨지도 지지도 않는
황혼 속에서 그저 꿈만 꾸다가
어쩌면 당신을 기억할지도,
어쩌면 잊을지도 몰라요.

프랜시스 브라운, 존 더글러스 부인 / 토머스 게인즈버러 / 1783.

아름다움은 헛된 것입니다

크리스티나 로제티

장미는 붉디 붉고,
백합은 하얗디 하얗지요
그런데 얼굴이 기쁨을 준다고
여성이 자기 얼굴을 찬미할까요?

여성은 장미보다 향긋하지는 않지요
오히려 백합이 여성보다 순수하지요
설령 여성이 붉거나 하얗더라도
셋 중 하나일 거예요

여성이 사랑의 여름에 붉어졌거나
사랑의 겨울에 핼쑥해지거나,
여성이 붉거나 하얗거나,
여성이 똑바로 서거나 구부리거나,
결국 시간이 여성이 달리는 경주에서 이겨
그녀를 수의에 싸서 숨겨버릴 거예요.

양귀비 / 조지 헨리 / 1891.

화가의 스튜디오

크리스티나 로제티

한 얼굴이 그의 화폭 이리저리에서 밖을 내다봅니다
똑같은 인물이 앉거나 걷거나 몸을 굽힙니다
그러다가 칸막이 바로 뒤에 숨은 여인을 발견했는데
거울이 그녀의 온갖 사랑스러움을 돌려주었네요
오팔색 혹은 루비색 드레스를 입은 어떤 여왕,
싱그러운 여름 녹색 옷을 입은 이름 모를 소녀,
어느 성녀, 어떤 천사- 낱낱의 캔버스는
더도 덜도 말고 똑같은 하나의 목적을 의미합니다

그는 낮밤으로 그녀의 얼굴을 먹고 살고
그녀는 충실하고 다정한 눈으로 마치 달빛처럼 고운
햇살처럼 기쁘게 그를 돌아봅니다
그녀는 기다림에 질리지도 슬픔에 흐려지지도 않는
희망이 밝게 빛났을 때처럼 그렇지 않은 여인.
그의 꿈을 채워줄 때처럼 그렇지 않은 여인.

잠깐의 생각 / 조지 힐리어드 스윈스테드 / 연도미상.

여름날 소망

크리스티나 로제티

그대의 고운 삶을 마음껏 누리세요
이슬 흩뿌려진 고운 장미여,
그대의 저녁 이슬을 가만히 떨구고
날이 밝으면 새로 이슬이 맺힙니다
아무래도 그대는 기쁨을 주려고 태어난 것 같군요

고요한 하늘에서 노래하세요
기쁘게 비상하는 새여,
드넓은 창공에서 힘차게 노래 부르세요
퍼지는 햇살에게나 지나가는 구름에게나
누가 듣건 말건 무시하고
그대의 벅찬 노래 드높이 부르세요

오, 나의 삶도 꽃 같았으면 좋겠습니다.
나무에 아름다운 꽃을 피워 여름날 아침마다
나비와 벌이 날아들었으면 좋겠군요
가시는 있어도 장미처럼
나도 내 시간을 아름답게 꽃피웠으면 좋겠습니다

오 나의 일도 새 같았으면 좋겠습니다
햇살에 젖어 기뻐했으면 좋겠군요
나의 시간도, 낮도 흐르고 흘러,
그렇게 쉬고 나면 어느덧 다시 싱그러운 이슬에
시원해졌으면 좋겠습니다.

부녀자들 / 조슈아 레이놀즈 / 1770.

첫날

크리스티나 로제티

당신이 나를 만나러 온 첫날, 첫 시간,
그 첫 순간을 기억할 수 있으면 좋겠습니다
계절이 밝았는지 어두웠는지, 여름이었지, 겨울이었지
그런 말이라도 할 수 있으면 좋겠습니다
그렇게 흔적도 없이 슬그머니 사라져버려,
마치 눈 먼 사람처럼 볼 수도 내다볼 수도 없었지요
너무 둔해서 내 나무의 꽃망울이 여러 번의
5월이 지나도록 아니 핀 것도 몰랐지요
그날을 떠올릴 수만 있다면 좋겠습니다
그렇게 많은 나날인데
왜 하필 그날일까요
철 지난 눈이 흔적도 없이
녹아버리듯 그날도 왔습니다
그저 지나가게 둘 밖에 없습니다.
별일 아닌 듯했는데, 어쩌나 큰일이었던지요.
지금이라도 그 촉감, 잡고 잡힌 손의 첫 감촉을
떠올릴 수 있었으면 좋겠습니다.
누군가라도 꼭 알아줬으면 좋겠군요.

공원에서 대화 / 토머스 게인즈버러 / 1746.

울림

크리스티나 로제티

밤의 고요 속에서 부디 내게로 오세요
꿈이 속삭이는 고요 속으로 들어오세요
보들보들 둥그런 뺨, 냇물에 비친
따스한 햇살처럼 밝은 눈으로 오세요
눈물 가득 머금고 돌아오세요
아 끝나버린 시절의 추억, 희망, 그리고 사랑이여.
아 달콤한, 쓰리도록 달콤한 꿈.
비록 깨지고 말았지만 필시 낙원에 있었겠지요
넘치는 사랑의 영혼들이 살고 만나는 곳.
애타게 갈망하는 눈길들이
그 느릿한 문을 애타게 바라보다가
열고, 들어가서, 다시는 되돌아 나오지 않는 그곳에.
꿈에서라도 부디 와주세요. 죽으셨더라도.
나만의 삶을 다시 살 수 있게요
꿈이라도 부디 내게 돌아오세요
맥박엔 맥박, 숨에는 숨으로 화답할 수 있게요
부디 나직이 굽혀주세요
옛날처럼, 내 임이여, 아득한 먼 옛날처럼.

라이온 : 뉴 펀들 랜드 개 / 에드윈 랜시어 / 1824.

이브의 딸

크리스티나 로제티

한낮에 그만 잠들어,
으스스한 밤 차가운 달빛 아래
깨어난 나는 그저 바보였지요
내 장미를 너무 일찍 꺾어버린 바보.
내 백합을 덥석 뜯어버린 바보.
내 정원 꽃밭을 난 지키지 못했지요
시들어 완전히 버려지고서야
난생처음인 양 엉엉 웁니다

아 잠이 들었을 땐 여름이었는데,
깨어나 보니 벌써 겨울이네요
미래의 봄과 햇살 부드럽고 따사로운
즐거운 내일을 얘기한들 뭐하나요
희망에 이것저것 다 발가벗겨졌는데요
더는 웃지도, 더는 노래도 못하고
슬픔에 젖어 그저 나 홀로 앉아 있네요.

꽃밭에서 / 조지 힐리어드 스윈스테드 / 연도미상.

베스트셀러 × 세계 100대 명화
영국 시화집

발행	2021년 5월 20일 초판

기획	권호
글 저자	윌리엄 셰익스피어
	퍼시 비시 셸리
	윌리엄 워즈워스
	로버트 번스 외
옮긴이	리언
디자인	현유주
발행인	권호
발행처	뮤즈(MUSE)
출판등록	국립중앙도서관
연락처	muse@socialvalue.kr
홈페이지	http://www.뮤즈.net

ISBN 979-11-91677-01-0 03800
값 15,000원